約束

尾関忍

装画＝尾関裕隆　装幀＝柳本あかね

約束

約束

わたしは約束を守ってまっすぐ走っていきました
どこまでも続くアスファルトの道に白い砂をまきあげ
途中で川をまたごうとして鎖骨を落としてしまいました
骨はぷかぷか浮かんで遠くへ流れていきました
それでもまだ走り続けました

突然平原にあらわれたそれは深い穴のようでした
底のほうでは鏡になった水が割れ
一片一片がじっとこちらを見ています
いつの間にかほわっと浮いて落下する体

井戸のなかでふくれあがっていくわたし

気がつくといかだのようなものに乗り
水面をじわりじわりと流されてゆくのです
その水はたっぷりと弾力に満ちていて
いにしえの女性の髪のようにつややかでした
こんなおだやかな場所を人は理由もなく
恐れているのだと不思議に思いました

岸辺では家族が再会のよろこびをかみしめています
ああたしかにながい間わたしたちは一緒に咲く花でした
しっかりと手をつなぎ風にゆれながら太陽をながめ
それでも終わりはきたのです

あっという間でした
今度は竜巻にまかれました
頭の上で髪の毛がたんぽぽの綿毛みたいに踊っています
わたしは約束を守ってまっすぐ走っていきました
どこまでも続くアスファルトの道を……

始まり

愛情という濃密な血の海を
胎児は裸で泳いでくる
小さな掌に明日の地図を握りしめ
大陸を見つけるはるかな海路
赤い空　赤い海　楽園の果てで
世界中が血を流している
あなたは始まりをさがしている
小さな針の先ほどの……
丸い空を見あげ
縮こまった手足をのばし水をける
やがて顔を見せるだろう赤い月
ドクン、ドクン

地のさけ目、空の洞窟を
ドクン……空と土が
一緒になって歌ってる
それは、ひとつの高まり
大地が熱く嘶くのをあなたは聞いたか
その瞬間　命は
天空からしたたり落ちる一滴の水
地の底から湧きあがる熱い塊となって
この赤い海に
わたしたちはひとつになって
浮かんでいた

あなたがやってきた
この静寂の窓の外では虫が鳴いている
いつもと同じ夜の色に
月まで暗く染まったまま

夢見る火山

いま、眠っているあなたの
足音が聞こえてくる
とたんとっとたんとんと
見えているものの裏側の
そのまた裏の裏側の
奥の奥側のずうっと奥の……
とたんとっととたんとんと
とたんとっととたんとんと
どんと　とん！
と、歩いてくるのはだあれ？
なだれじゃなくて

枯れるということでもなくて
どんと　とん！
と、ただ晴れていく音のない空
ぱん！とかげりのないわらい顔に
ふっくらと頬のふくらんだ
あのやさしい神様の唇の先の
それは、夢より前の
ただしずかーな
しずかーな塊
……ごめんね

手足をちぢめて夕陽がしずむ
それでもまだわらっている神様の
やさしく閉じたまつ毛の先の
消えかけの橋をいま
一人の少年が駆けてくる

ゆっくりとふりつもる
涙……もうすぐね
少年はわたしの喉を
内側からやさしくなでて駆けのぼる
たったひとつの約束を守るため

……それから？
そうして神様はほほえむの
しゅうっとつぼんだ唇の先の
揺れる炎をそうっと吹いた
空駆ける　どん！
約束の　どん！

衝動……

あなたはあなたのいる深くて浅いところから
こちらに向かって声をかけてみなくてはならない
夢のようなまどろみから朦朧とした発熱の檻をこじ開け
果てしない自分探しとそれにまつわるたくさんの後悔
追憶と、ほほ笑みと、ぎこちない自己肯定、言葉の発見
すべては自分のことを述べていて、またどれも自分とは
無関係に成り立っているのだと一分ごとに学び続けているのに
本当はなにも学んでいないのかもしれないと疑っている
何度も時系列につながれたちゃちなネックレスをほどいては
もう一度つなげることが自分の仕事だと思っている
それは古風なはた織りのようなものかもしれないし

道端で裸の体をごしごしとタワシで洗っている
というだけのことかもしれない
雨でも風でも台風でも
ともかく、この二つの事柄の間を行き来しなければならない
「生」というのは思春期に書いたラブレターよりも油っこくて
不潔で猛烈な無欲
むよくに載っけた欲というスピード
衝動はいつでも速さと関係していて
人間はいつでも時間と関係していて
間にはなにもないと知っているのに
さ迷っているというひたすらな衝動……

ふれるということ
ぶつかるということ
なにかがなにかを変え
生きているということが

生きていることを変え
変える、ということが生む
絶望と絶頂と静寂
と、騒音
そんなものがめぐっている自分というものを
もう一度よく見てみなければならないと考えている
それらは一枚の紙の裏表だから
気のむくままに折り続けていればよい
くしゃくしゃになっても
投げ出すことができないほどの
激しい衝動と静寂と後悔と歓楽と
まどろみのなかに眠っている
自分というものを

六月の祈り

六月の長い雨が中途半端に腹黒い雲から垂れ下がり
家中の食べ物がじくじくした死の影におびえはじめる
バスケットのなかで腐りかけの林檎たちはおしくら饅頭して
じっとりと汗をかいたアップルサイダーの夢のなか
自分たちの影がひとつに重なっていくのを恐がっている
流しの下の泥壺ではしわしわになった梅の実が
赤い汁に皮膚をふやかせて恍惚の恐怖に溺れている
冷たい冷蔵庫のなかのもっと冷たい缶のなかで
干からびた虫のようなアッサム茶までが
どこかへ逃げださねばと身をくねらせているじゃないか
おまえたちなんかもう十分に乾いているというのに

まだ朽ちていくのが怖いのかい？

ここでないどこかへ……
いきたいの？
いきたくないの？

消し忘れられたパソコンがうーんとせつない
異議を申し立て黄緑色のライトを明滅させながら
毎秒ごとに世界平和を祈っているというのに
そろいもそろって自分サイズの心というものをどこかに
忘れてきてしまったお腹のがらんどうな人間たちは
最大公約数の決まりごとしか信じなくなって
家のなかにはいつまでたっても平和がおとずれない
幸せというのはみんなで掲げさせられた馬鹿げた
削減目標のひとつだったっけ？
無味無臭賞味期限もないうえに腐りだしたりもしないから

ついつい冷たい棺桶に詰めこまれるその瞬間まで
引き取り手のあらわれない宝物

おーい！
と誰かが呼んでいる
おーい！
と呼んでいるのに……

六月の長い雨にはさまれた黒い指がのびてきてじゅくりと
あなたの首筋を触ってもおびえないふりはよくないよ
充分に驚いてからしとしとと仲よくなってくださいな
影と光の交尾なんてもっともえくすたしーなんだから
そうして毎秒ごとに増えてゆく手の皺の数とか
鏡のなかで確実に面積を増やしてゆくしみの大きさとか
その成長と繁殖の謎にも納得がいって
心の底からおめでとうと言えるようになったなら

あの暮れていく影のほうへ静かに指をのばしていく
老木の見ている夢とも仲よしになって
そうそう、別れるときには少し惜しんだほうがいいよ
そのときになってさよならも言えず
泡みたいに消えてしまう前に
六月の長い雨にはさまれた黒い指がのび
あなたの髪を梳かして去るのを
母さんのエプロンのように引っぱって
少しでも優しいさよならをしたほうがいい

おーい！
と誰かが呼んでいる
呼んでいるよ、ともだちかい？

ペリドット

八月の幸福は単純で
自らの短命を呪うこともせず
ひたひたと裸足で歩いてゆく

一輪の花が枯れ翌日には新しい花が咲く
終わりとはまたひとつの始まりで
始まりとはまたひとつの終わりだという
この避けられないしきたりに戸惑い憂う人はなく
けれど新しい門をくぐる勇気のなかったわたしたちだけは
ガラス球のような閉ざされた空間を行きつ戻りつして
何度も何度も同じ瞬間だけを味わおうとした
繰り返すことは忘却の始まりで

永遠とは空の果てにかかる虹より希薄だったとしても
出口のない幸せは濃厚で甘い
そのときがきたら琥珀のように
ただこの身ごととけてゆけばよいだけと
足もとに溜まった暗い影に抱かれたままでいた

八月はただ無防備で智慧のない若さ
咲き誇る花と枯れた葉との関係に
気づかないふりをして視力を失った
ペリドットよ
その涙を
通り過ぎた人たちからは
幸福と呼ばれている
次の季節に
花弁を広げるまでは女神だった
光に似た盲目よ

三丁目の三日月

食べ残しの三日月を下げに
お盆を抱えて下ってゆく
三丁目の足元はいつも危うい足元で
どこかの誰かがのぼってくる長い夢の
ひっぺがせない裏側で
そんなこともう新しくもないレトリックだけど
ため息吹きかかる距離でずっとすれ違い続けてる
今、より納得しやすい現実でしょ
三丁目の三日月は海の水より塩辛い？
昔の人が置きざりにした涙のもとを
ドロップ缶に詰めこんで

なめた人だけ泣くことができた
新しいインフルエンザの類いかもしれないけれど
夢みたいな言葉を胸に忍ばせて
子供たちは錆びついた現実を堕ちてゆく
落下は落下
望んで選んだやり方だけど
満ち足りすぎた道筋だった
生きるのはレタスを千切るよりたやすいこと？
すれ違い続けるあなたたちの横顔を
写せないのがくやしいだけ
もっと激しく世界をのぞきたい
たとえ言葉は通じなくても
堕ちてゆく腕をぎゅっとつかんで
手形がつくまで握りたい
たとえ一回でも……
たとえ一秒でも……

つかんだ腕が喉を鉤裂いても構わない
あなたの瞳がはっきりとわたしを見て
つかまれた腕で本当のわたしにふれられるなら
オモチャみたいな現実の門番には愛想がつきた
はやくこの檻を壊して
今を絞殺する怪力だけ欲しい

地下鉄のコンクリートに耳をつけ
冷たい花の叫びを聞いた
あたしたちまだ卵の世界にいるみたいね
生まれるときはどんなきぶんだろう？

わたしは毎日死んでいる
ねえ、だからはやく撃ってほしい
絶対太らない七面鳥みたいに
軽々しいのは癪にさわるから

シンプルだけど長いハサミで
ひと突きに血を流したい
鮮明さだけが現実の財産なんでしょ？
だったら、はやくむかえにきて！
わたしはあなたの裏側にいる
長い長い階段を下って
三日月を探している

岩の子ら

月夜の晩にぽっかりとあいた噴火口を見に行った。
のぞく前はきっとそれを赤いと思っていたが青ざめていた。
火口は気分が悪くて閉じられなくなった唇みたい。
塞ぎようがなかった傷口みたい。
岩の子供らが寝そべっていた。
ぐったりと汗をかきながら、
うす汚れたその子らを見ていたら、
なんだかせつなくなってくる。
行くところもなく、やることもなく、
ぶつぶつとしゃべり続けている……

むかしむかしのそのまたむかし
じゆうなそらゆくおとこがあった
おとこはくもからにじをひき
やまのおんなをむかえにいったが
そのあいはげしくもえあがり
とうとうてんにひをつけた
かぜがおこった！　いなづまだ！
おとこはなくなくわれらをおいて
そらにもどったというわけだ
いらいおんなはくちきかず
なきもしないしわらいもしない
ごつごつやまのそのわけは
せけんばなしのひれんにつきる

むせび泣く子供らを抱いて
わたしは下山する
あんたたち
わたしはおっかさん
じゃないけどさ
洗濯ぐらいはできるから

そうして子供らは
いまも元気きままに
暮らしてる
ベランダで洗濯物を
干しながら
横たわる三原さんの腰を
見あげているわたし……

そんなふうになんとなく
三原さんとはつながっているが

彼女はいつでも眠ってる。ぽかんと大口を
開け、無邪気で寂しげな寝顔。もしかしたらもう
処女のまま閉経してしまったのかもしれない、なんて
不安になるが、でもいま起きてもらっても困るのだし……。
そうして、今宵は大口を開けたわたしがいびきをかいて
眠る番。美人な瞳をカッと見開いては、不吉な笑みを
はむ彼女。うすい唇をきゅっと噛みしめ、月に映った
自分にうっとりとしている。「乙女ですもの。鏡を見て
なぜ悪い?」乙女ですもの……なぜ悪い?　こちら
もひとり布団を剝いで月を相手に裸のダンス。
そして、浮気のキスみたいに、わたし
らは、そぉっと口づけあう。

空の環

海辺で拾った指輪には
あの国への行き方が秘密緻密に書いてある
金の呪文でも外せない三蔵法師の捨てた夢

Open and Close　夢の地図
Open and Close　空を呼ぶ
Open and Close　宝箱
Open and Close　愛の過去も
夢の果ての……

そっと目を閉じ、環を開けよ

そっと目を開け、環を閉じよ

Open and Close　旅知らぬ靴
Open and Close　落ちぬ滝も
Open and Close　病なき鎖へ
Open and Close　探し物を伝えたい
潜っては息継ぎ潜っては息継げよ！
深く浅く……
命の螺旋を駆け抜けて

Open and Close　ジャックの茎を
Open and Close　ひたすらに登れ！
Open and Close　未来の海を
Open and Close　ひたすらに溺れろ！

潜っては息継ぎ潜っては息継げよ！
低く高く……
つかんだ蔓を空まで通わせ
そっと目を閉じ、環を開けよ
そっと目を開け、環を閉じよ

Open and Close　空の環

おもいで涅槃《ニルバーナ》

ゆうゆうと眠りながら浮かぶ
後光を射して気ままな彼女よ
Zuzzutaxtutaxta, Zuzzutaxtuta,
ZuzzutaxtutaxtaZuu
華やかな伴奏に悲しい口笛が
Zuzzutaxtutaxta, Zuzzutaxtuta,
ZuzzutaxtutaxtaZuu
誰もがこの眠りについてゆきたくなるシタール
Zuzzutaxtutaxta, Zuzzutaxtuta,
ZuzzutaxtutaxtaZuu
わたしがわたしであるためにどの荷物を捨てようか？

わたしがわたしであるためにどの荷物を捨てずにいよう？
Zuzzutaxtutaxta, Zuzzutaxtuta,
ZuzzutaxtutaxtaZuu
なぜかあなたはわたしに似ている
出会ったこともないあなたと
他人の空似というけれど、まわりに似た友人は一人もなく
あなたはまだ生まれてもいないのに、孤独な類似
Zuzzutaxtutaxta, Zuzzutaxtuta,
ZuzzutaxtutaxtaZuu
この大地のどこかに横たわる、あなたは山のよう
うす眼を開けながら、はてしない夜と昼との邂逅を覗いてる
Zuzzutaxtutaxta, Zuzzutaxtuta,
ZuzzutaxtutaxtaZuu
だから波をゆらゆら揺れる壜に乗り
わたしに会いにいらっしゃい
このしろい砂浜へ！

Zuzzutaxtutaxta, Zuzzutaxtuta,
ZuzzutaxtutaxtaZuu
いつでも、わたしたちは気もそぞろ
そぞろな愛をぞろぞろ連れて
Zuzzutaxtutaxta, Zuzzutaxtuta,
ZuzzutaxtutaxtaZuu
だから海をゆらめく船に乗り
わたしに会いにいらっしゃい
涙で濡れた砂浜へ
コラージュされた灰の街へ
この降り積もる雲と
熱いクギ射す大地へと！

春が生まれる

混沌と混乱と枯れ葉のすき間から春が生まれる
不安と期待の境界にざわめきたつすじ雲
春は沈黙の寄生虫
心地よく寝息をたてている大地から布団をはぎ取って
自分だけが生まれ変われる奇跡のように額をそびえる
古い季節の住人たちの叫び声を冷やかに笑って
悪しき因習の信仰者にすぎないと切り捨てる
凍りついた草木の褪せた色使いを弱視の絵とさげすんでは
自分だけがこのキャンバスに描けるものだと
この新しい季節をうたえるものだと
いらいらするような高音で世界中を震わせては

乾いた葉を握りつぶし死骸を吹き飛ばす

けれど春よ！
おまえの背がまだあの草の丈にも届かなかったころ
朴訥なけれどもやさしい歌声の揺り籠にその体をおさめ
寒さの一番ひどいころには吹き荒れる爆風の爪先からも
その喉を温めつづけたのは誰だ？
おまえはこの朽ち果てた草原にひとりでに生まれ
孤独と空想をもとでに新しい絵を描けると思っているが
この朽ち果てた草原さえ与えるものがもしいなければ
おまえはキャンバスを得なかった画家と同じ
錆びついた軋みをたてる枯れ木さえ鉄のフレームにして
描きはじめるのをみんながどんなに待っていたことだろう
もしその首筋に一滴の生血を注いだ者の顔を忘れてしまったとしても
朴訥なけれどもやさしいあの揺り籠の歌がまだ耳に残っているのなら

すべてを死の灰のように粉々に踏みつぶしてしまう前に
一片だけ、その欠片を拾っておきなさい
そして、そっと胸のポケットに忍ばせて
いつか生まれてくる子供たちに見せてやりなさい
どんなに朽ちた草原にも宝物のひとつは落ちている
古い季節にもよい想い出はあるものだと
子供たちが朽ちることを恐れぬように
「むこうではわたしが待っている」と伝えなさい

やってくる季節は沈黙の寄生虫
我こそは静寂に終わりを告げるものだと
突然指揮台に立ちあがっては
鳴り響く暴音に耳をふさぐのを許さない
轟きは枯れゆく季節の憐れな声をかき消して
老年の友情を木っ端みじんに吹き飛ばす
黄昏を眺める人のなくなった家族写真を破り捨て

悪しき信仰の元凶と断ち切るのだ
すべてをここに描き直すために……

かつてわたしも描いたと思ったのだ
これこそ今まで誰も描きえなかった最初の風景にちがいないと
最後のひと筆を走らせるその瞬間まで……
今、わたしは待っている
おまえが育ち、おまえの子供たちが育ち
またすべてが朽ちて次の季節が生まれ落ちるのを
新しい頁をめくるのにためらいはいらない
古い土の記憶を一番底から掘り返し
望むままの配列で描くがよい、うたうがよい
そして、わたしは待っている
すべてがまた朽ちて次の季節に委ねられるのを
おまえが育ち、朽ちて、生まれ落ちるのを
風のなかにまためぐりあえるのを

*

山道

彼女と一緒に山道を登った
ふっふっふっふっはっはっはっはっ
同じリズムでザックをゆらし同じ歩幅で毛先をゆらして
ふっふっふっふっはっはっはっはっ
ラマーズ法にもかなわない滑らかさで会話をかわし
ふっふっふっふっはっはっはっはっ
私が吐いた息を彼女が吸って彼女が吐いた息を私が吸って
ふっふっふっふっはっはっはっはっ
そんなふうに山道を登った
山頂までの道のりはあまり覚えていない
頂はしたたかに近づいてすぐに視界から消え去った

岩場に腰かけ水筒をかたむけるほかの登山客たちは
すれ違うだけの他人
すばらしい景観もさざめく野鳥の声も
渓流の清音も濁音も私たちには関係なかった
彼女の吐いた息を私が吸って私が吐いた息を彼女が吸って
ふっふっふっふっはっはっはっはっ

そんなふうに山道を登った
山頂というけれどなにかに出会うというわけでもなく
なにもないということだけが特別なまっ白い空間
そこにとどまっている理由も見当たらず先を急ぐ
ふっふっふっふっはっはっはっはっ
　下り道もちっともつらくない
　ふり子のように足手がふれて
　頭のなかまで自然にふれてきて
　余計なものは全部捨ててった
ふっふっふっふっはっはっはっはっ

私たちにはもう会話もなく
私が吐いた息を彼女が吸って彼女が吐いた息を私が吸って
登り切ったことで残りの道は半分になったのだと
気がつきもせずただ山道を下った
ふっふっふっふっはっはっはっはっ
ふっふっふっふっはっはっはっはっ
帰りの道はわけもなく急かされる
坂道を終わった時すばらしいなにかが待っている
という思いに引っぱられ汗もぬぐわず話もせずに
彼女の吐いた息を私が吸って私の吐いた息を彼女が吸って
　ひたすらに下る坂道
　　二人ゴールを目指し
　　　その時にはきっと
　　　　抱きあうのだ

彼女と一緒に山に登った
彼女の名前を知りたかったけれど
切符の列に並ぶころにはもう一人だけになっていた
雑踏のなか一人分のタオルで一人分の汗をぬぐい
はぐれたことに気づきもしなかったと驚いた
山を下りればいつもどおりの関係が待っている
ふっふっふっふっはっはっはっはっ
私の吐いた息を私が吸い誰かが吐いた息を誰かが吸って
一人分の仕事を片づける
一人分の洗濯物と家事
一人分の庭を掃き
一人分の縄を跳ぶ
一人分のランチを一緒に食べるふりをする
そんな生活のなかでぼんやりと空を見あげれば
もしかしたら気づかなかっただけで
今も誰かが隣にいるのではと

そんな気がして左側を見てみれば
　肩先にあの呼吸が残っていた
ふっふっふっはっはっ
不思議と私は淋しくもなく
　山登りを続けている

ふっふっふっふっはっはっはっ
名前も知らない彼女がなにをする人だったのか
どんな髪型だったのか思いも出せず
それでも彼女といたということだけに励まされ
今でも山登りを続けている
ハイヒールでも
コンクリートでも
ふっふっふっふっはっはっはっ
もう一度めぐり会えるものならば彼女と同じ山に登りたい
もう一度同じリズムでザックをゆらし同じ歩幅で会話をかわして

彼女の吐いた息を私が吸って私が吐いた息を彼女が吸って
そんなふうに……
ふっふっふっふっはっはっはっはっ
ふっふっふっふっはっはっはっはっ

へびの神話

こえてくるもの

固まった　水たまりを
這ってくるのは　へび
へびの形をした　時間
地球の裏側まで届けるのに　時間がかかる

生き物は馬鹿だから　遠まわりする
真っ直ぐには　落ちれない
耐えがたく引きのばされた寿命を　精一杯
落ちないように落ちないように　と落ちてゆく

選ばれた者だけが
月を太陽を　追いかける
その間　仕事にあぶれた人間たちが
区切られたマイホームの　区切られた窓から
楽園をのぞいていた

あーあ、ご先祖さまぁ！
たしかに木はありました
その赤いつるつるの、
わたしらにもおひとつ
いただけませんかぁ？

区切られたマイホームの　区切られた部屋で
一秒でも長く生きのびようと！
引きのばされた　時間のほうが

出血多量で　干からびる前に
おまえを　待っている

ゆれてくるうなみ

くずれる波の歯
したたり落ちる汗も塩辛く
海はいつも喉が渇いている
欲しいものはもうないと
口のなかを唾液でいっぱいにして
歌っている、誰も聞かないのに

壊れる水平線
ピアノが鳴っている
今まで歌いすぎたから
肋骨を締めつけるようにして

もう誰のために歌っているのか
分からない、終わりのない苦行

それでも
観客もなく
夕日が落ちて
独りぼっちになってしまっても
まだ歌いつづけている

闇のなかに白い手をさしだして
さまよいあるく亡霊には
なりたくない
年を取るのより
恐いことがあるの……と

夕日が落ちる

焼けただれた空への呪い
白い手を染めて
最後までつかもうとしている
どこかへ流れつきたい
歌にならない歌をやめて
そうすれば、家に帰れるから

＊

へくるったなみに、へびは紙縒られ浮いている
わたしたちには〝死んだ時間〟にしかみえないのだ

ひのうた

ゆれている、うごめいている
生まれてくるのを
生まれさせるのを

生と死、どちらがわたしなのか分からない
さびしい子供たちが待っている
一日一日とのびてくる小さな手
なにもつかむものがなくてゆれている

やさしいから……
（やさしすぎれば触れられることもなく……
あたたかいから……
（あたたかすぎれば世界はほろびる……
だから、わたしは何度もほろび何度も何度も生まれてきた
本当は熱くない、水色のまばゆさだけをともしたい
一瞬だけでも、あなたの横顔をみたいから

きっとわたしはまた流れ
あなたと出会えずに世界は終わるだろう

それでもいつかめぐりあうために
わたしの屍のうえに子供たちは集う
もう一度夢みよと
このさびしい輪郭に捧げる
この歌を
青い風
猛烈に
暮れることのない悲しみのかわりに

*

〈あかい山へとふく風よ
待ちくたびれたべっぴんが
喉をつまらせ待っているよ
時間　という名の獰猛な和解を!

とぽろじー

ネジはきりきりと巻かれ
あっはんといまにもぶちぎれそうだった
素性の知れない砂嵐のやつなんかに
横腹をけりとばされたおろかな雲は
波のような痛みに身をよじり
やがてため息をつきながら
しぼり出される
一本の鑓

なぜ、雨はいつも上からしか降らないのか？
上から下へ上から下へ……
そろそろ同じくりかえしに
あきてもいいころじゃないか？
上から下へ上から下へ上から下へ……

その逆はない
のぼっていくものは姿をあらわさず
のぼっていくのはいつも思いだけで
さぞや、血の味だったろう……

そうして、なんの目的もない
泥の窪みにも命の水は降りつづけ
仕事にあぶれた人間たちが
区切られたマイホームの窓から
更新されない夢をみつづけているあいだにも
イクニンかの時間が奪われていった
たったのイクニン！
ゼロから∞のあいだのイクニン！

あーあ、ご先祖さま
この赤い実　なぜ？

わたしらにもくださいました、なぜ……

〈ふりこ
獲得と喪失の終わりのない綱引に
費やされていった名もないときよ
誰もが本当はあなたの膝へと
たどりつきたかったのだ

あおのこうかい

地球の青は　とどまることを知らない悲しみ
最初は赤かった涙　燃えつきない慟哭
つかのまの愚痴さえ　いまではもう遅すぎるというのに

ここではみな
自分たちが逆さまに立っている

ということにさえ気づかずに
上へ上へとのびつづけ……
いつか足裏からあなたにつき止められて
大地へと倒されるその日を夢みている

雨よ！　憐れな大地の鱗をひいて螺旋をつむげ
川よ！　十字架の軌跡より長い道のりを
ごくごくとどこまでも流れてゆけ
そして、同じ道をこえてくるものよ！

固まった　水たまりを
這ってくるのは　へび
地球の裏側まで届けるのに　時間がかかる
落ちないように　落ちないように
と落ちてゆく　人の命を運針しながら

追ってくる　おまえは……

人間と同じ赤い血を振りまきながら
同じ悲しみを背骨に染みこませ
科学者よりもはやく地球が丸いと知っていた
誰よりはやく泣いていた
生まれたときから泣いていた
無声のなげきに体を折って
ここへと、こえてくるものよ！

青の秘密

青の秘密を探して
気づけば空中散歩道
……けれども、嘘はあなた自身につきまとう…………
と、ニヒリストの神様はいったらしいから
その嘘のなかの本当を探しに
科学者の白衣を借り、画家の筆を借り
最後に誰のものでもない言葉も借りてみて
……けれど、青空の青は空のもの！　…………
季節外れの果物が欲しくってひっくり返る
子供のように項垂れるしかない

自分の追っているものの姿も知らぬまま

人は
空を越え
宇宙を泳ぐ
そして、信者には愛
不信者には夢という
魔物を思い描かせては
たいした自信もなく
それでもほとんどの人々が
空は青色だと思っているのは
ほんのりと可笑しい
青は真心
どこにでもある
それは神様の脱いだ靴下さ
あの家の軒先にひっかかっている！
自分の追っているものの姿も知らぬまま

人は影を描く
片目には誠で
片目には虚ろ
片手には愛といい
片手には夢とつげ
このケンカ好きな両手は
競って青を探しに出かけては
いつでも自分のハートを塗り忘れている
青は真心
目に見えない
詩人と、画家と、科学者の
塗り忘れたハートに燃えている
右手には星
左手には石
おまえたちには嚙み砕くことはできまい！
永遠に、真実のまぼろし

夜はまぼろし

月の光がふる　今夜も
おもしろいように太りきった
体からしぼりだされる豊饒な叫び
けたけたと笑いはじめる
愛されてないことを
どうでもいいじゃないか
夜がまぼろしなら
もうわたしたちは
どんな夢だって
みなくたっていいんだよ
やさしい悪夢への

恨みをはらすなら　今夜
流星の産道へ
涙のナイフを突き立てろ！

夜はまぼろし
　夢はまほろば
砂漠のまん中に忘れられた手鏡

夜はまぼろし
　夢はまほろば
どうだい、ちゃんとあっただろ？

たくさんの人に
〝ありがとう〟をいいながら

今　星は流れる
生まれて　そして消えるため
空を駆ける牛車
やさしい巨人が内側を歩いてくる
ていねいにすべてを踏みつぶしたあと
なお外側へとしたたる内部
どっきん　どっきんに
しぼりだされるエナジー
そのとき光あふれるゆりかごから
星が生まれでる

夜はまぼろし
　夢はまほろば

ありがとう！
　ありがとう！

種苗法

ほぞをかむ
明日の尻をかむ
微笑みながら許されない
夢の行方をふみつけては
あっけなく吐き捨てる

捨てられて育つ子供たち
ゴミのなかから
混濁のなかから
現実との復縁の可能性を信じて
その誘惑からも逸脱して

ルールはなく
育ちあう
断絶と諦念の片目で
宇宙を泳ぐカエルを見あげながら
あこがれ！
レールはなく
下ってゆくのに上ってゆくような気がしている
つむじ風
逆巻いて吸い込まれるのだ
赤い唇へ
べとべとした粘液のビルとビルの隙間
風の音がする
誘惑のベッドから転げ落ちずに
何人かは生きのこるだろう
ああ草のベッド
下の方のやさしいベッドで

灰色とわたしたち

海はあけっぴろげで
かくしごとができないから
用事が終わってもまだ
家へ帰りたくない朝には
木のそばに行く
そう　山からも森からも
ぽつんとはなれて立っている
あの　どんぐりの木の
そっと静かなそばがいい
幹の太さは　自分と同じくらい
枯れている葉もあれば

新しい緑もたっぷりと生やした
枝をざわりざわりと
ふるわせて

おお嫌だ!　今日の風は
灰色の空から一滴の雨も絞りだすことができず
木であることはこんな寒い日にも一人でいて
誰かをお茶に誘うこともできないなんて

と　なげいているあのどんぐりの木の下に走っていって
しみじみと一緒になげきたい!
冷たいお茶を一人の部屋で流しこむよりも
ただ風が吹いている　青空も見えないこんな朝には
つかのまのどんな種類でもいい　一人で立っている
木のそばに寄り添いたい

空からは　一滴の雨も流れない
こんな退屈な朝に
それでも木は立ち
わたしはぶらぶらとして
おたがいなにも知らないまま

おお嫌だ！

となげきあっている　わたしたちは
くすくすと笑いだす想い出について語り
はあー　とため息もらす想い出について語り
知っている鳥の噂話などをして
ときどき会話が途切れると
灰色の空気をひと口飲んで
おたがいの顔を見あう
そのうち　ぷっと笑いだす

向かいの墓掃除に訪れた年寄りはわたしを見て
雨もないのに雨宿りしている退屈な人間だと思ったろう
どんぐりのほうも　相手がどんな人間でも関係ない
誰にでも傘を貸してやる枝ぶりのよい木にしか見えないのだ

わたしたちは　この地球上の誰から見ても
無関係な二つの点でしかないけれど

　同じ風にゆれている
　同じ灰色にそまっている

たとえば、もし、今は雲にかくれている
宇宙の彼方の星から見れば　わたしたちも
仲のよい友だち同士の　シルエットに

見えないだろうか、なんて

そんなふうに　雨が降りだすまえの
灰色の時間を一緒に飲み干すと
わたしは　別れも告げずに
自転車にまたがって帰ってゆく
次に会う約束もせず
木のほうも　それでかまわないと
どんぐりをひとつ落としたから
ポケットに忍ばせて　帰ってゆく
もうすぐ　雨が降る

沈ム太陽ノ記録

君は、もっと長い物語が書きたかったんじゃないのかい？
世界中の空を行進する雲のささやきを残さずあつめた映画のような
吹いてくる風の見たものを全部うつした写真集のような
長いと思っていた夜も過ごしてみれば意外と短い
ただ少しのエスキースをここに書いておく時間はあるだろうか

◇

世界は必ず終わる
誰かの悪意やいたずらや老婆心などからではなく
疲れた胃を休めようと牛が草むらに横たわった瞬間
空を見上げる恋人たちがおたがいの首筋へと唇をはわせた瞬間
生後一か月の赤ん坊がはじめて太陽に手をのばした瞬間

手のひらにはなにもない
僕たちには太陽をつかめない
そんなことはわかっていると言いつつ今までずっと
積み木のロケット組み立てて空へと背のびしてきたが
両手をのばし芝生にごろんとあお向けになってみれば
青空はそんなに長生きできないとよくわかる

二十年も一緒にいたのに廃車をまぬがれなかった愛車
廃車工場だって最後はぺしゃんこになる
何年も書き続けられたボールペンのインクが突然切れるように
一生分の缶詰がならんでいると思っていた食材庫が
ある日空っぽになって立ちつくすように
終わりはいつかやってくる
だから僕たちがこれ以上心を痛める必要はない
それより、大学ノートの最後のページに
みんなでなにを書こうか

沈ンデユク船ノナカニ、家ヲ
買ッタヨ
大丈夫時間ハマダアルカラネ
ナニモ心配ヲセズ今日ヲタダ
笑ッテイレバイインダ
部屋ノナカハ仄温カク陽炎ノ
ヨウナモノデ、ヒタヒタニ満
タサレテイタヨ……
船ガ沈ンデイク時ドウスルノ
逃ゲ出スノ？
ソノ小サナバッグニ入ッテル
愛シタ人タチノポートレイト
ト思イ出イチポンド
マダ燻ッテイル諍イノ種粒ヲ

失クサズニ、アノ太陽ノ色サ
エ覚エテイレバ大丈夫
船ハ沈ンデモ大丈夫

旅人は、誰にも読まれない物語を一冊残して去った。落としていった靴下の穴から、スイカズラの花が咲き、沈んだ船の窓から、陽がまた昇る。そして旅はくり返されるのだ果てしもなく果てしもなく思い出という名の太陽のうるんだ瞳から、ぽとりこぼれ落ちる涙の種。どうしようもなく、どうしようもなく……

こぼれ落ちる……

*

天井への手紙

「See you again」と手紙に書いた
もう会えない人にさえ
夏の前髪はキラキラと天井でせせらいで
光と闇を一本に束ねようとしているから
めまいというよりも清廉な決断をつきつけられて
ふと「私」という言葉を思い出す

「また会いましょう」というのが故人からの手紙で
答えるすべがないのを呪いつつ
原始人のやり方で天に手を振る

膨張しながら縮小していく
宇宙のモデルというのをひと夏中考えていたが
風船のなかのもうひとつの風船というのが
たったひとつだけ思い描けたイメージで
唸っている宇宙
顔を真っ赤にして膨らんでいる
唸りつづけてにっちもさっちもいかなくなった
産めない母の顔つかめない檻

自らのなかで成長する死の丈に気づかないように
地球からの観測者に暗い宇宙が見えないのも仕方がない
闇に目を凝らすのは闇のなかでしかできぬこと
どんなにぶざまでも拡大しつづける宇宙にいるしかない「私」は
非科学的なミクロコスモスを聖書の代わりに携えて
「See you again」と手紙に書いた
もう会えない人に宛てて

最終行

まちがって打たれたゲンコウが
黒い冠をのせて、はしたない夜を流されてゆく
嘘つきたちが愛をかくした無意識の森を
モラリストたちの了見せまい常識の池を
いつまで一人で蹴りあげてたって
世間一般よくいうように人間一人はタコの足一本！
今日もコンクリート製の家の庭には
たんぽぽ一本生えないで
熱いパンチより冷たいキスが
暴力よりにせものの愛がにあう街の
よく見るとこの夜空の色も

　黒ににせて塗りまちがった失敗作
そんなことはとっくにしってるよ
と太りすぎたエントツが、まずい嘘をぽいぽい
煙に吐きながら、極彩色の股ぐらを開いていうよ
きどってないでこっちへこいよ

その国のことばは　ことばは
夏の日のあどけない　みず遊びににて
ひとびとは小鳥のように　さえずっている
あかるい太陽は　影をひたごろし
もしかしたら　百年後も
失われたわたしたちの　くにを
彩っている　のかもしれない
いつもやさしい顔を　しているが
この国の　しきたりで

失われていくものは　おしまれもせず
失われていく　じゅんばんだけ
きっちりと　守られている
このままみんなで　いっしょに
いっしょに　失われていくのを
みまもり　ましょうか？

行送りしてはいけない
と叫んでいるのが聞こえたのに、最終行まで見送って
それはこの国のしきたりなのか、それとも自分のせいか
と結末をつけずに、次の行を書いてみては
答えを出さずにまた書き続ける
一体なにを書いているのか……
とそれももう分からなくなったゲンコウが
まがいものの夜にひとりでに流されてゆき

スクリーンのむこう
ヒロインを法廷ドラマへと引っぱって行くような
気だるさで
　この街の
　　誰か……
ヲ、勧ユウ
スル――

八月の睫毛

複数の体に単数の頭がついた
みっともない塊でもぞもぞと
見たくもないダンスをしながら
懸命な行列

あなたは行った
高くもなく低くもないところ
弟子たちのことは置き去りにして
一人だけ飛ぶのに都合のよい一枚翅を生やし

黒スグリの実を振り落としては投げつける！

黒子を落とした
誰……のために？
満月を割った
それから？
わたしたちの首を抱いて
「すべて忘れろ」と？
忘れるもんか！

季節の縁でたやすい行為に
すがる弟子たちを憐れみながら
緑の影に同化したあなたを

見つけ出すことができない

季節は同じ読経をいつまでも繰り返す
悔しいぐらいに明るくて
本当はなにも見えやしないのに
見えているふりをする

冷たい地下道を掘るために
繋いでいた指を一本一本はずすのはなぜ？
わたしたちは血だらけになりながら
一つの意味も成さない獣拓を描く
……それが仕事なのか

帰りはただ砂ばかり舞いあがる

褪せるだけ色褪せた埃っぽい道で
身悶えもせずに八月の長い睫毛が閉じる

ホタル

行列は
馬鹿みたいに長い袋小路
人の頭を渡り石にして
飛び越そうとしてみたが
猿の落とし穴ほどちいさくて
せつない場所に着地するしかなかった

道ゆきついぞ輪も絶える想いの果ての一人墓場よ

なんて歌にならない歌をうたって
そうだ、雪

降らせてみようと
空に念じる
そして、今さら気がつくのだ
雪は見えないけれどいつも
どこかで降っていて
人の空洞に
そっと積もっては
そのせいで
わたしたちは
内側から
妙に
明るい

たとえば
誰かを弔う
こんな日でも

黒い服に包まれて
わたしたちは
消せない灯りを抱えた
ホタルみたいに
彷徨って見えるのだろう
本当はいつも内側から
ちいさな苦しみに曝されている
光の欠片にすぎないのだとしても

女神へ

これから出会わなければならない人たちを
おまえはどうしたって憎むことができないだろう
熱い滴りの、いななきの
いきどおりの通りすぎた街の
芳醇な思い出をしばたかせて
分厚いドレスの裾を引きずった女神が
とけるものはすべてとかし
凍りつくものはすべて凍らせて
あたらしい朝だけを切りとってゆく

歌は続いてゆく

最後の一音を合図に
鳴りやまない和音
（あなたがなぜこの壮絶な音のない世界を選んだのか
　今ならわかります）
すべてのものが歌っているのに
気づかなくても
金色の女神さま
あなたが通りすぎてゆく
ドレスの裾に
ああ、ひた明るい
耕された土地が
子どもたちの歌声のように
無邪気に笑って
わたしたちを呼んでいる

揺れているのに

揺れていないと言いはって
けれども、時間は
ひとつの季語を迎えいれ
さわやかな風に
終わりとも始まりとも
つかない現象を描きうつし
あなたの横顔のかわりに
残してくださった

はがれてゆく金色のとき
ほとばしる風の羽ばたき
大きな木の根元へと
人々は宝物を埋め
次の時間へとたくされた
いくつかの悔恨とささやきと

目覚めるために人は
息をとめ
ねむるのだ

羽ばたける時間の種
おまえたちがふたたび
生まれゆくために

「人影もまばらな今はほんとうによい季節」*
とささやいて
もう一度だけ
あたらしい朝が
瞼をなでる

弔うためにわたしは生まれ
弔われることで

いつかくるあたらしい朝を
誰かへと
手渡せる日がやってくるのだろうか……

ともあれ今は
つたない歌を
お母さんを失った
小さな女の子へと
歌ってやって
この朝を
ささやかな抱擁として
あなたに捧げる

＊新井豊美『切断と接続』より引用

あとがき

「約束」という言葉の重さにときどき泣きそうになった。キリギリスのように好きなことをやってきたわたしが、詩集という形で自分の言葉をまとめることになる――。これが、わたしに言葉の可能性を授けてくださった新井豊美先生との「約束」だ。先生とは、美術雑誌の仕事を通じて出会い、十年の時を運針しながら荻窪の教室で詩を教わった。結局、完成をお見せできなかったことに悔やみきれない思いもあるが、それでも形にすることで、ここから「天上」へと手紙を書いていけるのではないかと、それを信じている。

跋文を書いて下さった高貝弘也さん、わき道にそれるたび言葉の世界へと引きもどしてくれた野木京子さんをはじめ、ここまでの道のりをともに歩んできた「詩の教室」の仲間たち、助産婦としてこのつたない誕生を見守ってくださった編集の藤井一乃さん、装幀の柳本あかねさん、ぴったりの装画を描いてくれた尾関裕隆氏へ、感謝の思いはつきないが、書き続けることでいつか恩返しができたらと思う。新たな「約束」のはじまりだ。

尾関 忍

一九七二年生まれ。画家志望のはずが、新井豊美と出会い、言葉へ転向。いらい、声と言葉についてさまざまな人から学ぶ。まだ勉強中。ときどき、公園で、こどもたちに魔法を売る。黒い魔法は一〇〇円、白い魔法は無料。（たのまれれば、大人にも売る）

約束《やくそく》

著者
尾関《おぜき》 忍《しのぶ》
発行者
小田久郎
発行所
株式会社思潮社
〒一六二—〇八四二 東京都新宿区市谷砂土原町三—十五
電話〇三（三二六七）八一五三（営業）・八一四一（編集）
FAX〇三（三二六七）八一四二
印刷所
創栄図書印刷株式会社
製本所
誠製本株式会社
発行日
二〇一二年七月三十一日